AF218986

Ralf Neubohn

Magische Stippvisite vom Drachen

und der Hexe

Ralf Neubohn

Magische Stippvisite vom Drachen

und der Hexe

Bibliografische Information der Deutschen Nationalbibliothek
Die Deutsche Nationalbibliothek verzeichnet diese Publikation
in der Deutschen Nationalbibliografie;
detaillierte bibliografische Daten sind im Internet
über www.dnb.de abrufbar.

Herstellung und Verlag: BoD – Books on Demand, Nordersted

ISBN: 978-3-7557-0033-3

Alpakalinle und Larrylinchen widmen dieses Buch ihren
treuen Lesern.
Danke für Eure Treue!

Inhalt

Vorwort

Liebe Leser und Leserinnen,

wieder haben unsere Helden viele spannende Abenteuer auf dem magischen Hof erlebt. So viele, dass ich viel früher als gedacht Ihnen Neues von dort berichten kann.

Viel Spaß beim Lesen!

Ihr Ralf Neubohn

Der Besuch

Alpakalinle besuchte eines Morgens sehr früh Sir Ralphus Rheumaticuslinchen. Zu früh für diesen. Er schlief noch den Schlaf der Ungerechten. Das Alpaka entschloss sich Sir Ralphus beim Frühstück zu helfen. Genauer gesagt, es aß alles alleine auf. *„Na gut“*, dachte es. *„Da spart er sich schon die Zeit fürs Frühstücken. Jetzt habe ich aber Durst. Ob es hier wohl ein Glas Wasser gibt?“* Tatsächlich stand auf einer Kommode ein Glas Wasser. Welch ein Glück! Zufrieden trank das Alpaka fast das ganze Glas aus, bevor es angewidert rief: „Igitt! Was ist das? Sir Ralphus Gebiss liegt im Glas! Widerlich!“

Vom Lärm aufgeweckt erschien Sir Ralphus und nuschelte zahnlos vor sich hin. Das Alpaka wusste auch so, was er fragte und antwortete: „Ich wollte Dich nur mal wieder besuchen. Wir haben uns schließlich schon lange nicht mehr gesehen.“
Wieder mit Gebiss bewaffnet erkundigte sich Sir Ralphus: „Was heißt schon lange nicht mehr gesehen? Wir tanzten gestern zusammen bis spät nachts um den Maibaum!“

Nun musste sich das Alpaka was einfallen lassen, damit Sir Ralphus nicht den leergefutterten Tisch bemerkte. So sprach es: „Ich wollte Dir von meinen neuesten Abenteuern berichten. Wie Du Dich sicherlich erinnerst, warst Du auch bei einigen davon mit dabei.“

Sir Ralphus Gesicht leuchtete auf: „Ja, stimmt! Setze Dich doch in diesen bequemen Lehnstuhl und erzähle alles, was seit unseren letzten drei Büchern geschah. Ich schreibe dann gleich mit, so dass wir dann bald das vierte Buch veröffentlichen können.“

Was auch geschah. Viel Spaß beim Lesen des vierten Buches!

Der See

Der magische Hof lag umgeben von Wiesen in einer schönen Landschaft. In einem Wald in der Nähe wohnte die junge Hexe Kleckselinchen.

Ein Bach floss durch den Hof unserer Helden und mündete in einem Fluss, der einige Kilometer weiter in einem großen See endete. An diesem Fluss liefen der sehr kleine Drache Qualmchen und das Alpaka entlang zum See.

Alpakalinle staunte: „Es ist einfach unfassbar, wie viel Wasser in den See fließt. Ich verstehe nicht, warum der See nicht schon lange übergelaufen ist. Wo bleibt nur das ganze Wasser?"

Der Drache meinte gelassen: „Vermutlich ist es besser, wenn wir es nicht wissen. Geheimnisse haben selten einen erfreulichen Hintergrund."

Ungeduldig machte das Alpaka: „Pah!"

Am See angekommen entzückte beide wieder der wunderbare Anblick des ruhigen Gewässers. Plötzlich bildeten sich Strudel, das Wasser schäumte und kurz wurde ein gigantisches Seeungeheuer sichtbar, bevor es wieder in den Fluten verschwand. Der Drache flüsterte betont gleichgültig: „Ach, ich glaube, heute ist es zum Baden zu kalt."

Alpakalinle seufzte: „Aha, da bleibt also das viele Wasser. Der Koloss trinkt das meiste." Ungewohnt still liefen sie am Fluss entlang zum Hof zurück.

Kalt erwischt

Qualmchen trabte an den Fluss, um etwas zu trinken. Nach einigen Schlucken quietschte der Drache aufgeregt: „Alpakalinle, Alpakalinle! Komm schnell her, ein Mensch treibt im Fluss! Vielleicht kannst Du ihn noch retten!"

In Erinnerung an die Zeit des Alpakas in der es als Strandwärter an der Küste jobbte, eilte es sofort eilig herbei. Vielleicht konnte ja jetzt die alte Ersthelferausbildung was nützen? Andererseits sah der Fluss doch sehr kalt aus. Sollte es wirklich sein Fell nass machen? Sicherlich kam jede Hilfe für diesen Menschen zu spät! Während das Alpaka noch mit sich rang und nach einer Ausrede sucht, schubste der kleine Drache es nach einem langen Anlauf ins feuchte Nass. Brrr, war das kalt! Vermutlich kam der Mensch nicht durchs Ertrinken ums Leben, sondern von der Kälte. Aber vielleicht lebte er ja noch? Notgedrungen schwamm das Alpaka zu ihm, um ihn an Land zu ziehen.

Doch schallte es ihm empört entgegen: „He, was soll das? Hau ab Du Flusssaurier! Kann ein Wassermann nicht mal in Ruhe schwimmen?"

„*Wenn der Drache jetzt kichert, schubse ich ihn zur Strafe in den Fluss*", dachte Alpakalinle, als es bedröppelt wie ein begossener Pudel wieder an Land stieg.

Die Fütterung

Zur selben Zeit fütterte der alte Zauberer Sir Ralphus zusammen mit dem Panda die Hoftiere. Diese kamen links von der Weide zur alten Scheune, aßen ihre jeweilige Menge und verschwanden dann nach rechts, wo schattige Obstbäume standen. Bei dem heißen Wetter eine sehr gute Idee. Sir Ralphus stutzte immer mehr. „Wir füttern nun seit zwei Stunden die Alpakas und Lamas, ständig kommen neue zum Füttern. So viel Tiere gibt es hier doch gar nicht! Wie kann das sein? Seltsam!" Nach einer weiteren Stunde schoss es ihm durch den Kopf: „Nanu? Habe ich das Lama Larrylinchen nicht erst vor kurzem gefüttert? Merkwürdig." Als das Lama nach dem Füttern wie alle Tiere rechts an der Scheune abbog, hinkte Sir Ralphus äußerst misstrauisch hinterher. Zu Recht! Denn Larrylichen lief um die Scheune herum und stellte sich dann erneut bei den anderen Tieren an, die zur Fütterung Schlange standen. Äußerst empört hielt Sir Ralphus ihnen eine sehr strenge Standpauke, aber die Tiere kicherten nur. Vom Dach der Scheune erklang lautes Lachen der Hexe Kleckselinchen, die schon lange dem munteren Schauspiel zusah. Merke: nicht jeder lacht über dieselben Dinge. Z.B. Sir Ralphus lachte nicht. Warum bloß?

Das Erdbeben

Nachts lag alles in tiefem Schlummer, als die Erde zu beben begann. Erst schwach dann immer stärker. Zum Schluss so heftig, dass der Panda von seinem Baum fiel und der Drache vor Schreck Feuer spukte.

Die Gebäude schwankten bedenklich, voller Sorge blickten die Hofbewohner die Wände an. Der Mond schien leider nur sehr schwach, daher konnte niemand weit sehen. Doch für das fürchterliche Schauspiel direkt vor ihren Augen reichte es völlig aus. Die Häuser knirschten besorgniserregend, würden sie einstürzen? Alpakalinle fürchtete um das Manuskript des neuen Buches, welches noch im bedrohlich schwankenden Stall lag. Sollte das Alpaka schnell reinflitzen und das Manuskript retten? Doch würde der Stall so lange halten? Auf dem Hof gab es keine Schäferhunde, die nach Verschütteten suchen konnten. Also lieber draußen bleiben, auch wenn vielleicht das Manuskript verloren ging. Da fiel dem Alpaka etwas anderes schwer auf die Seele: Hatten sich alle anderen rechtzeitig ins Freie retten können?

Der Morgen des Schreckens

Am Morgen des nächsten Tages besuchten sich die Hofbewohner gegenseitig, um zu sehen, ob alle noch am Leben waren. Allmählich stellte es sich glücklicherweise heraus, dass niemand zu Schaden kam. Selbst sämtliche Gebäude überstanden das lange Erdbeben. Doch wodurch wurde dieses überhaupt ausgelöst? Im Radio gab es keine Erdbeben Warnung für ihre Gegend. Seltsam. Als die Tiere zur Weide gehen wollten, stand ein riesiges, steinernes Monstrum vor ihnen. Wenn Tiere vor Schreck erbleichen könnten, wäre es in diesem Augenblick geschehen.

Scheu fragte das Lama Larrylinchen: „Wer bist denn Du?"

Worauf der riesige Besucher antwortete: „Ich bin eine Sphinx."

Larrylinchen schluckt und erkundigte sich ängstlich weiter: „Warum bist Du hierhergekommen?"

Die Sphinx grinste überheblich: „Sphinxen bewachen die Pyramiden."

Alpakalinle entfuhr ein erstauntes: „Die Pyramiden? Hier in Deutschland gibt es keine Pyramiden!"

Herablassend zeigte die Sphinx hinter sich: „Ach ja? Und wie würdest Du sonst die Dinge hinter mir nennen?"

Fassungslos riefen alle Tiere wie aus einem Mund: „Pyramiden!"

Die Ursache des Erdbebens

Die Pyramiden hatten also letzte Nacht das Erdbeben ausgelöst, als sie wie Pilze aus der Erde schossen. Doch wieso standen sie nun hier auf ihrem Hof? Pyramiden gehörten doch schließlich auf ganz andere Kontinente.

Sofort kam der Verdacht auf, dass die junge Hexe Kleckselinchen mal wieder beim Zaubern eine kleine, unbedeutende Panne hatte. Doch die Hexe leugnete strickt damit etwas zu tun zu haben.

Dem greisen Zauberer Sir Ralphus hingegen traute niemand die Kraft für so einen mächtigen Zauber zu.

Neugierig wollten sich die Hofbewohner den Pyramiden nähern, aber mehrere Sphinxen versperrten ihnen den Weg. Ansonsten verhielten sich die großen Tiere aus Stein friedlich.

Mit der Zeit gewöhnten sich daher die Hofbewohner an den Stand der Dinge, niemand versuchte mehr zu den Pyramiden vorzudringen.

Alle fragten sich aber im Stillen: Was wollen die hier bloß?

Grauen ohne Ende

Eines Abends spazierten die Tiere noch vorm Schlafengehen etwas. Rein zufällig – natürlich ganz ohne jeden Hintergedanken – führte ihr Weg zu den Pyramiden. Aber auch abends versperrten die Sphinxen den Weg. Schade. Oder doch nicht? Wer wusste schon, was da in den Pyramiden vielleicht auf die armen Tiere lauerte? Waren sie eine raffinierte Falle?

Im Halbdunkel kamen die Tiere an einem Gebüsch vorbei, in dem es verdächtig raschelte. Vor Schreck entfuhr dem Drachen Qualmchen ein Feuerblitz. In dessen Licht sahen die Tiere einen Schakal im Gebüsch lauern. Voller Angst flohen sie schreiend in Alpakalinles Stall. „Hilfe! Hilfe! Ein Schakal!"

Alpakalinle erwiderte energisch: „Quatsch! Hier gibt es keine Schakale!"

Qualmchen stichelte: „Klar. So wie es hier ja auch nirgends Pyramiden gibt."

Das Alpaka stutzte: „Vielleicht ist der Schakal aus Versehen mit den Pyramiden mitgekommen. Wie kriegen wir den bloß wieder los?"

Larrylinchen schlug locker vor: „Lass ihn doch von Kleckselinchen wegzaubern."

Das Alpaka erwiderte streng: „Du weißt doch ganz genau, was für Katastrophen sie beim Zaubern anrichtet."
Das stimmte. Aber was nun tun?

Des Rätsels Lösung

In den folgenden Tagen vermieden alle Tiere dunkle Ecken oder die Nähe von Gebüschen. Niemand sah den Schakal mehr. Vielleicht lebte er wieder in einer Pyramide als Wachhund? Möglicherweise durfte der Schakal nur selten gelegentlich Gassi gehen?

Dennoch traute niemand so ganz dem Frieden. Als Alpakalinle einmal an einem Bach trank, schaute der Schakalskopf plötzlich aus dem Wasser. Das Alpaka wollte fliehen, aber der Schakal beruhigte es: „Du brauchst keine Angst haben. Ich bin der ägyptische Totengott Anubis. Du hast mich bei Deinen Abenteuern in dem Buch ‚Das magische Alpaka und der Drache' kennengelernt." Diese Erinnerung ließ das arme Alpakalinle erschauern. Diese Abenteuer gehörten zu den schaurigsten überhaupt. Anubis sprach weiter: „Die Magie dieses Hofes hat mich angelockt. Aber auch die Suche nach meinem Freund, den Vogel Phönix. Hast Du ihn gesehen?"

„Zum Glück nicht!", wollte das Alpaka vorlaut sagen. Aber einem Totengott gibt niemand solche frechen Antworten. Mit Grauen erinnerte sich das Alpaka an die Mittelmeerrundreise mit dem chaotischen Vogel Phönix. Wenn der hier wirklich auch noch auftauchte, wollte es lieber in einem Seniorenheim in der Stadt wohnen. Anubis war schon schlimm genug, aber dazu noch der Vogel Phönix, das war nicht auszuhalten.

Auch das noch!

Mit einem lauten: „Uff!" landete Kleckselinchen auf ihrem magischen Füller neben ihnen. Alpakalinle stellte die beiden gegenseitig vor: „Das dort im Bach ist der Totengott Anubis. Die junge Hexe hier neben mir heißt Kleckselinchen."

Geistesabwesend sprudelte die Hexe hervor: „Stellt Euch vor, was mir eben passiert ist! Ich flog auf meinem Füller sorglos durch die Luft, als mich schier ein vorbeisausender Kugelblitz traf! Seltsam! Wo kam der nur aus heiterem Himmel her?"

Seufzend erklärte das leidgeprüfte Alpaka: „Du hattest die Ehre, den Vogel Phönix zu treffen, der jeden Abend verglüht, um morgens aus seiner Asche wiederzuerstehen."

Fassungslos meinte die Hexe erschrocken: „Ich hätte nie gedacht, dass es diese Sagengestalt wirklich gibt! Diese ganzen Sagengestalten sind doch alle einfach nicht vorstellbar, genauso wie diese vielen alten Götter!" Ein Hüsteln aus dem Bach erregte ihre Aufmerksamkeit: „Entschuldigung! Mir fällt es gerade erst richtig auf. Sagte das Alpaka nicht, sie wären der Totengott Anubis? Du meine Güte, ich glaube, es wird Zeit für mich ins Bett zu gehen. Offensichtlich habe ich Fieberphantasien. Phönix und Anubis. Oh, je! Das kann doch alles einfach nicht wahr sein!"

Leider doch.

Flugkunst

Die Bewohner des Hofes trafen sich oft, um zu beratschlagen, wie sie die ungebetenen Gäste am besten wieder loswurden. Dies ist sehr verständlich, denn wer will schon einen Totengott als Nachbarn? Von den mysteriösen Sphinxen und Pyramiden ganz zu schweigen. Wer weiß, was darin vorging? Was für Schrecken dort noch lauerten?

Kleckselinchen meinte ganz locker: „So, ich mach jetzt einfach einen ‚Hau ab' Zauber und schon sind wir wieder unter uns."

Entsetzt wollte Sir Ralphus eingreifen, kam aber zu spät. „Ausnahmsweise" - also wie immer - ging der Zauber schief. Mit sehr unangenehmen Folgen. Statt das die Pyramiden samt Anhang verschwanden, erschienen unglaubliche Massen von flauschigen Häschen, die an allen Sachen auf dem Hof zu nagen begannen. Jeder stolperte pausenlos über die Häschen, die selbst in Schubladen, Autohandschuhfächern und anderen unglaublichen Orten mümmelten.

Als es von den Häschen überall nur so sehr wimmelte, verschwanden Kleckselinchen und der Drache Qualmchen lieber in den Himmel und drehten in sicherem Abstand über dem Häschengetümmel ihre Runden. Mit der Zeit stießen auch der Vogel Phönix und die Sphinxen zu ihnen. Gemeinsam führten sie Flugmanöver jeder Art durch. Bei den Loopings wurde den Zuschauern auf der Erde schon vom Zusehen übel.

Während alles an den Himmel blickte, erschien ein Fernsehteam, um über ruhiges Leben auf dem Lande zu berichten. Als sie die Massen von Häschen sahen, die ihre Schnürsenkel und Kameras annagten, fassten die Fernsehleute sich fassungslos an den Kopf.

Das Getümmel am Himmel gab ihnen völlig den Rest und sie machten lieber einen Bericht über Fantasy Geschichten im realen Alltag.

Diesen Bericht zu machen war nicht ganz harmlos, weil Kleckselinchen immer wieder abstürzte und der Drachen vor Aufregung laufend Feuer spie.

Von dem Chaos angelockt erschienen Ludwig P. Lesi-Les und Berta Babbelbergle auf dem Hof, um Ideen für neue Bücher zu sammeln. Da beide zu den langweiligsten Autoren der Welt gehörten, strahlten sie so eine Langeweile aus, dass die Häschen, Anubis samt allen anderen Dingen lieber verschwanden, bevor sie vielleicht in den ewigen Schlaf fielen.

Merke: Selbst die langweiligsten Leute sind manchmal zu etwas nütze!

Regen

Sir Ralphus meinte nachdenklich: „Es hat schon lange nicht mehr geregnet. Wir bekommen dieses Jahr wohl eine schlechte Ernte." Kleckselinchen erwiderte: „Ja, wirklich. Neulich sank wegen des weniges Regens der Flusspegel so sehr ab, dass die damals vom Fluss überschwemmte Stadt Atlantis wieder zum Vorschein kam. Da sind wir nun endlich die Pyramiden auf der Weide wieder los und haben nun stattdessen Atlantis vor der Nase. Was können wir nur tun? Ah, ich weiß! Es ist jetzt Zeit für einen Regenzauber!" Der entsetzte Sir Ralpus eilte auf sie zu. Die Hexe hatte ihren Zauberstab so heftig aus ihrem Mantel gezogen, dass er ihrer Hand entglitt. Er flog knapp an Sir Ralphus Auge vorbei, durchs Kopffell von Larrylinchen hindurch in den Fluss. Durch die Berührung des Zauberstabes mit dem Wasser entstand zufällig tatsächlich Regen. Aber was für einer! Tage lang regnete es. Eine wahre Sintflut, welche allen Hofbewohnern große Sorge machte. Vor allem, als eines Tages die Arche Noah auf dem Fluss vorbei schwamm. Kein gutes Omen!

Noch schlechteres Omen

Eines Tages schwamm im Dauerregen auch noch ein Geisterschiff dem Fluss entlang, ein wirklich eindeutig schlechtes Omen! Die folgenden Piratenschiffe beruhigten auch nicht gerade die Gemüter.

Doch Kleckselinchen meinte ganz lässig: „So, jetzt reicht es. Nun schnell einen Sonnenzauber!" Alle erstarrten vor Angst. Wer wusste schon, was nun geschehen würde? Tja, die Sonne schien tatsächlich. Sie strahlte Tag und Nacht pausenlos, die Wiese verwandelte sich dadurch in eine Wüste. Geier umflatterten den Hof, Cowboys und Indianer zogen am Hof vorbei, alles erinnerte an eine der amerikanischen Wüsten. Lobenswerterweise hatten im Gegensatz zu sonst Kleckselinchens Regen- und Sonnenzauber funktioniert. Aber eben zu sehr! Vielleicht wäre eine ihrer üblichen Pannen besser gewesen. Optisch hätten in diese Wüste jetzt die Pyramiden wieder gut gepasst. Alles sah wie in Ägypten aus.

Aber wie die Lage retten? Von weiteren Zaubereien wollte niemand etwas wissen. Das Eingreifen des Menschen in die Natur entpuppte sich mal wieder als großer Fehler.

Die Rettung

Die Wasservorräte gingen allmählich aus. Der Bach versiegte, der Fluss auch. Nur der Brunnen gab noch ein kleines bisschen Wasser, her, aber immer weniger. Die Lage wurde unerträglich. Was tun? Alle Gespräche drehten sich um die Rettung. Woher sollte sie kommen? Sollten sie den Hof zu einer Art Geisterstadt wie im Wilden Westen verkommen lassen? Eines Nachts ließ die vor Hitze schlaf-losen Hofbewohner ein lautes Knattern auffahren. Der Geistertraktor flog über den Himmel! In seinen riesigen Anhängern lagen Wolken, die er von weither mitbrachte! Diese schwebten über dem Hof aus den Anhängern und brachten den lang ersehnten Regen.

Die Hofbewohner nahmen sich dies alles zu Herzen: Nie wieder sollten Menschen in die Natur eingreifen, die Folgen waren unabsehbar!

Magie des Drachens

Der Alltag auf dem magischen Hof normalisierte sich wieder. Oder was man halt so nennt. Eines Tages lief der Drache Qualmchen Futter suchend umher, als er plötzlich eine Art Spargel sah. Mit einem lauten „Schlurp!" verschlang er diesen. Ein katastrophaler Fehler! Denn der vermeintliche Spargel entpuppte sich als Kleckselinchens Zauberstab, den die schusslige Hexe mal wieder verloren hatte.

Dies führte zu beängstigenden Folgen. Sobald der arme Drache den Mund öffnete, geschah völlig unbeabsichtigt Magisches. Beim ersten Mal wuchsen seinem Gesprächspartner Fliegenpilze aus der Nase, beim nächsten Mal Birnen aus den Ohren, was nur der genäschige Panda toll fand. Schließlich floh alles schreiend, wenn der Drache nur weit in der Ferne sichtbar wurde. Armes Qualmchen! Der kleine Zwergdrache seufzte so herzhaft, dass er Feuer spuken musste. Dies verbrannte den Zauberstab in ihm glücklicherweise. Qualmchen lernte reuevoll aus seinem Fehler. Künftig ließ er erst alles vorher den Panda probieren. So ein Schlingel, dieser kleine Drache!

Ernte

Für das Hofcafe pflückte Kleckselinchen persönlich das Obst von den Bäumen. Daraus entstanden dann köstliche Kuchen und Desserts, für welche Besucher von weither anreisten.

Auch das Gemüse für die warmen Speisen besorgte sie morgens erst kurz vor dem Kochen. Diese Frische schmeckten die Gäste stets dankbar heraus. Welch ein Genuss!

Eines Tages pflückte sie Birnen vom Baum für einen köstlichen Nachtisch.

„Oh, diese grüne Birne ist aber groß!", dachte Kleckselinchen überrascht. Statt einer Birne pflückte sie aber den kleinen Drachen vom Baum. Erbost rief die Hexe: „He, was soll das? Drachen fressen doch nur Fleisch!"

Qualmchen erwiderte von oben herab: „Ich bin ein veganer Drache!"

Vor Erstaunen ließ Kleckeslinchen ihn fallen. Der arme, angeblich vegane Drache!

Insekten

Alpakalinle lief mit dem Drachen über eine Wiese. Dabei beobachteten beide kleine Insekten, die hin und her huschten. „Ich hasse Insekten!", rief der Drache angeekelte.

Alpakalinle erkundigte sich: „Gehören Drachen nicht auch zu den Insektenfressern?"

Angewidert antwortete Qualmchen erstaunt: „Wie kommst Du denn auf sowas? Insekten sind eklig!"

Das Alpaka erläuterte: „Da ja Drachen in unterirdischen Höhlen leben, können sie ja eigentlich nur Insekten und Mäuse fressen. Was anderes krabbelt da unten ja nicht herum."

„Bäh", lautete der Kommentar Qualmchens. „So pelzige, kleine Dinger wie Mäuse esse ich nicht! Von dem ganzen kleinen Zeug mag ich nur Bienen."

Erstaunt hakte das Alpaka nach: „Du frisst Bienen?"

„Nein, wie kommst Du denn auf so einen Blödsinn?", begehrte der Drache zu wissen. „Bienen fresse ich nicht. Aber ich mag die Sachen, die aus ihrem Honig gemacht werden! Süßes wie z.B. Bienenstich und Honigkuchen."

„Ganz wie der Panda", schoss es dem Alpaka durch den Kopf.

Höhlen

Alpakalinle sah einen Maulwurfshügel und erkundigte sich neugierig: „Bauen Drachen ihre Höhlen so wie die Maulwürfe?"

Qualmchen wich entsetzt zurück: „In der dreckigen Erde buddeln? Meine armen Pfötchen schmutzig machen? Nein, natürlich nicht! Welch absurde Idee. Also echt kurios."

„Wie entstehen dann die Drachenhöhlen?", fragte das Alpaka.

„Ganz einfach", erläuterte der Drache. „Wir geben den Bauauftrag an einen Subunternehmer weiter."

„An einen Subunternehmer? Was soll das denn heißen?", wollte das Alpaka wissen.

Qualmchen erklärte sehr arrogant: „Drachen machen sich nicht schmutzig. Adlige Tiere wie wir tun sowas nie! Wir beauftragen Zwerge, um für uns Wohnhöhlen zu bauen. Zwerge buddeln gerne in der Erde rum und nehmen unsere Bauaufträge mit größter Freude an."

Nicht zum ersten Mal ging es dem Alpaka durch den Kopf: „Alles ist immer ganz anders, als ich es mir vorstellte. Was es alles gibt! Na, sowas aber auch!"

Der Wald

„Gehen wir in den Wald spazieren ?", wollte Qualmchen wissen.

Alpakalinle lenkte folgsam die Schritte Richtung Wald und erkundigte sich: „Was machen wir, wenn uns Wölfe, Bären, Räuber, Trolle und Ähnliches überfallen?"
Qualmchen stieß einen eindrucksvollen Feuerblitz aus dem Mund. Eine sehr gute Antwort, auf die es nichts weiter zu sagen gab. Stolz und erhaben schritt der Drache mit seinem Freund in den Wald. Nichts, rein gar nichts, konnte einen Drachen stoppen.

Plötzlich quietschte der Drachen äußerst erschrocken auf, rannte, im Expresstempo ängstlich piepsend aus dem Wald wieder heraus. Alpakalinle blickte sich verblüfft um, sah nirgends etwas Gefährliches. Merkwürdig. Was schlug den siegessicheren Drachen in die panische Flucht? Genau diese Frage stellte das Alpaka später seinem Freund.
Es bekam sehr Überraschendes zu hören: „Hast Du nicht die Spinne am Baum gesehen? Spinnen sind furchtbar schreckliche Tiere!"
Ja, dann natürlich...

Der Kuchen

Einige Tage später saß Berta Babbelbergle im Hofcafe und aß sich durch die Köstlichkeiten der Küche hindurch. Sie gehörte zu den Menschen, die gleichzeitig Unmengen Essen und Reden können. Kleckselinchen lauschte halb betäubt dem Redeschwall aus Bertas Mund: „Einfach himmlisch dieser Kuchen..." Ironisch dachte die Hexe: *„Mein Kuchen ist himmlisch? Ich bin eine Hexe. Also ist mein Kuchen teuflisch gut."* Doch sie verbiss sich den Kommentar. Ihrer besten Stammkundin konnte sie schlecht sagen, dass der Apfelkuchen den sie grade aß, aus einer Hexenküche stammte.

Plötzlich würgte die arme Berta: „Igitt! Was ist das? Maden? Würmer? In meinem Kuchen! Oh Gott, vielleicht habe ich gerade schon welche mitgegessen!"

Erstaunt sah sich Kleckselinchen die Sache an. Seltsam, sowas kannte sie gar nicht. Da fiel ihr die Lösung wie von selbst sein! Ähnliches erlebte Sir Ralphus auch mal. Dies waren die Haare des Pandas, der zweifellos mal wieder in der Küche Zucker vom Kuchen abschleckte. Wie der Kundin erklären, dass ein Tier ihr Essen vorher ableckte? Teuflisch schwierig!

Lesen ist gefährlich

Ludwig P. Lesi-Les lag gemütlich lesend vor dem Hofshop im Gras. Er führte sich Neubohns neuestes Buch zu Gemüte. „Was für eine Phantasie der hat", ging es ihm durch den Kopf. „Kein Wunder ist er Autor." Hoch am Himmel flogen große Raubvögel. Etwa Adler? Falken? Nein, noch viel größere Vögel. Condore? Harpien? Aber die gab es in Deutschland doch gar nicht! Was, wenn sie ihn als kleinen Snack verspeisen wollten? Die Vögel kamen bedrohlich näher. Ludwig machte sich fluchtbereit, ließ sich aber dann ins Gras zurückfallen. „Kein Grund zur Panik!", seufzte Ludwig erleichtert. „Da fliegen nur eine Hexe und ein Drache. Also etwas völlig Harmloses. Was habe ich gerade gesagt? Eine Hexe? Ein Drache? Ich sollte nicht so viel lesen, es regt meine Phantasie zu sehr an. Sowas aber auch!" Zum Glück kam er nicht darauf, dass die zwei fliegenden Gestalten echt waren. Ob er den Schock verkraftet hätte? Andererseits: Drachen und Hexen sind doch normale Wesen des Alltags. Was ist daran Besonderes? Jeder sagte doch schon mal: „So eine Hexe! So ein alter Drachen!" Oder nicht?

Der Alleskönner

Qualmchen lobte sich selber mal wieder in allerhöchsten Tönen: „Drachen sind furchtlos! Gefährlich! Wild! Drachen können alles! Sie sind einfach perfekt!"

Alpakalinle mochte es nicht besonders, wenn sich der kleine Zwergdrache so aufspielte. „Drachen können alles?", hakte es leicht verächtlich nach. „Wirklich alles?"

„Klar!", kam es prompt völlig selbstüberzeugt zurück.

„Gut", ging das Alpaka darauf ein. „Dann fange an diesem kleinen Teich Fische! Zeige mir, dass Drachen Alleskönner sind."

Qualmchen quietschte: „Fische fangen? Drachen können keine...". Als er das ironische Lächeln des Alpakas sah, brach Qualmchen ab und begann vergeblich in dem dem kleinen Teich Fische zu fangen. Außer einem großen Rumgeplantsche passierte nicht viel.

Siegessicher sagte das Alpaka: „Nun?"

Doch der Drachen gab nicht auf: „Ich habe mir ja nur kurz die Pfoten gewaschen, jetzt geht es gleich richtig los?" Aber wie? Die Fische schwammen so schnell, dass der Drache die flitzenden Fische nicht fangen konnte. Da kam ihm die rettende Idee! Mit einem riesigen Feuerstrahl verdampfte er das Wasser und fing anschließend problemlos die Fische auf dem nun trockenen Seeboden. Überheblich sprach er: „Siehst Du, Drachen können wirklich alles!"

Fliegen

Alpakalinle und Qualmchen mochten die vielen Brenneseln auf der Wiese nicht. Die dieses Jahr besonders häufigen Disteln noch weniger. Alpakalinle schlug daher vor: „Lass uns über diese Wiese fliegen. In der Luft ist nicht so viel nerviges Zeug." Langsam hoben beide ab, als sie um ein Haar mit dem tieffliegenden Weihnachtsschlitten zusammenstießen. „Der Weihnachtsmann ist aber früh dran", meinte das Alpaka.

„Klar", konterte der Drache. „Überlege doch mal, wie lange er wohl braucht, um überall rechtzeitig die Geschenke zu besorgen, die er für Weihnachten braucht."

Das Argument saß. Abgelenkt wie beide waren, bemerkten sie das folgenden UFO nicht und knallten voll darauf. Langsam flogen sie torkelnd Richtung Erde, genau auf ein Kampfflugzeug der Bundeswehr.

Voller Beulen und Schrammen giftete der Drache: „Von wegen, in der Luft ist nicht so viel nerviges Zeug! Ich laufe jetzt lieber durch dieses Meer von ollen Stechpflanzen!"

Alpakalinle gab ihm Recht und beschloss demnächst zur Strafe für die ollen Pflanzen, eine Schafherde herzubringen: „Das habt Ihr verdient, blödes Stechzeug!", sagte es rachsüchtig.

Diebstahl?

Kleckselinchen suchte in ihrem Hexenhaus verzweifelt die magische Zauberkugel. Der zahnlose Zauberer Sir Ralphus sein Gebiss. Wo konnten diese Sachen bloß sein? Wer sollte schließlich auch ein uraltes Gebiss stehlen? Es gab auf dem ganzen Hof keine anderen zahnlosen Bewohner. Gab es unter dem Hof vielleicht diebische Zwerge? Aber selbst wenn ja, was wollten die damit anfangen? Nein, das war einfach zu unwahrscheinlich. Bei der Zauberkugel lohne sich ein Diebstahl schon eher, sofern der Dieb die richtigen Beschwörungsformeln kannte, doch die wusste keiner der anderen Hofbewohner. Die beiden Diebstahlopfer rätselten lange, warum jemand diese Dinge stahl. Eines Tages sah Kleckselinchen den Drachen mit dem Panda kegeln spielen. „Süß!", dachte sie zuerst. Bis sie bemerkte, dass die beiden statt der Kegel Sir Ralphus Gebiss benutzten und ihre Zauberkugel zum Kegeln! „Ihr Racker!", rief sie erzürnt und nahm ihnen das Ersatzkegelspiel weg.

Erstaunt meinte der Drache: „Frauen sind seltsam. Was hat sie dagegen, dass wir harmlos spielen? Wir stören doch niemanden!"

Der Drache muss weg!

Alpakalinle schrieb gerade die Korrekturen seines neuesten Buches, als Kleckselinchen verärgert hereinkam. „Dieser Drache ist unmöglich! Wir sollten ihn loswerden!"

Das Alpaka gab ihr Recht: „Richtig. Aber wie?"

Die Hexe schwang ihren Zauberstab so wild, dass sie sich selbst den Hexenhut vom Kopf stieß. Alpakalinle versteckte sich vorsichtshalber unter dem Schreibtisch. Wer wusste schon, was jetzt wieder passieren würde? Kleckselinchens Zauber: „Hau ab, oller Drache!", konnte die seltsamsten Folgen haben. Hatte er auch. Magie an sich ist schon für wahre Meister eine komplexe Sache, für junge Anfänger aber extrem gefährlich. Vorerst erblickten beide keinerlei unbeabsichtigte Folgen. Doch sie traten bald sichtbar zu Tage. Einhörner flogen am Himmel, um Krähen zu verscheuchen, Trolle arbeiteten im Garten als Hilfsgärtner und Zwerge errichteten neue Brunnen. Tatsächlich mal wieder ein Zauber, der zwar sein Ziel verfehlte, sich aber als sehr nützlich erwies. Noch nützlicher erwies sich der Drache, der als Aufseher nach dem Rechten sah. Da jedes der anderen Fabelwesen wusste, dass er bei Ärger aus Versehen Feuer spuckte, so arbeiteten alle sehr fleißig. Deshalb durfte der Drache als Aufsicht nun doch auf dem Hof bleiben.

Die böse Hexe

Eine sehr böse Hexe erschien eines Tages auf dem Hof und forderte Kleckselinchen zu einem Luftzauberduell am nächsten Tag heraus.

Kleckselinchen beriet sich mit Sir Ralphus. Dieser sprach folgende große Weisheitsworte: „Wenn Du auf Deinem magischen Füller angeflogen kommst, wird es die böse Hexe nicht sonderlich beeindrucken. Dazu kommt die Frage, ob sie besser als Du Zaubern kann. Da sie Dich zum Duell herausgefordert hat, wird es wohl so sein. Deswegen darf das Duell erst gar nicht stattfinden. Mal überlegen..."

Plötzlich kicherte er vor sich hin. Die perfekte Lösung lag so nah! „Mache Dir keine Sorgen Kleckselinchen. Alles wird morgen klappen." Neugierig flog die junge Hexe nach Hause. Am nächsten Tag besuchte sie Sir Ralphus, der ihr in einem Stall die Lösung zeigte. Ein riesiger Drache lag dort. „So, auf dem fliegst Du zum Duell. Ich wette mit Dir, dass die andere Hexe sofort Reißaus nimmt!"
So kam es auch! Hinterher fragte Kleckselinchen: „Wo hast Du nur diesen riesigen Drachen her?"
Kichernd erklärte Sir Ralphus: „Das ist Qualmchen. Ich habe ihn so lange gefüttert, bis er endlich satt war. Das Füttern dauerte genau 20 Stunden. Beim Essen wuchs er Stunde um Stunde. Gut, dass wir ihn haben."
Sehr wahr!

Das Gespräch

Eines Tages unterhielten sich Alpakalinle und der Drache auf einer Wiese.

Das Alpaka berichtete von seinen vielen Abenteuern mit Weihnachtsmann, Nikolaus, Osterhase und dem chaotischen Vogel Phönix. Durch diese Gedankenverbindung fiel ihm mal wieder die Ähnlichkeit vom Phönix mit dem Drachen auf. Vor allem, als der Drache beleidigt aus seinem Leben erzählte: „Weißt Du, viele Leute halten mich für chaotisch. Aber das stimmt gar nicht. Ich kann doch nichts dafür, wenn mir mal ein kleines, unbedeutendes Missgeschick passiert. Das kann doch jedem mal passieren, dass er aufstoßen muss! Da braucht sich doch niemand aufzuregen!"

Alpakalinle dachte: *„Ja, aber Du bist der Einzigste, der beim Aufstoßen Feuer speit! Was Du damit schon früher alles angerichtet hast!"*

Zu höflich, um dies auszusprechen, fragte das Alpaka: „Was sind eigentlich schwarze Ritter?"

„Naja", antwortete Qualmchen. „Das waren mal ganz normale Ritter, bis ich in ihrer Nähe ausnahmsweise ganz kurz aufstoßen musste und mir ein winziger kleiner Feuerstrahl entfuhr", erklärte der Drache.

Alpakalinle seufzte: „Aha, also ein kleines, unbedeutendes Missgeschick von Dir."

„Richtig!", erwiderte Qualmchen. „Leider waren sie gar nicht verständnisvoll. Im Gegenteil, die Ritter erwiesen sich als sehr nachtragend."

Tja, warum wohl? Sehr seltsam, diese Kleinlichkeit der Ritter.

Grillfest

Bei einem Grillfest saßen alle Hofbewohner auf einer Wiese versammelt. Sie tranken magisches Brunnenwasser und aßen Röstkartoffeln. Diese Kartoffeln befanden sich auf langen Stöcken, die sie dem Drachen vor die Nase hielten. Dieser spuckte Feuer und röstete die Kartoffeln so in kürzester Zeit. Die Gespräche drehten sich um die vergangenen Abenteuer der letzten Zeit und um das bald stattfindende Halloweenfest, auf welches sich vor allem Qualmchen sehr freute.

Was sich später bei diesem Halloweenfest ereignete, wird im nächsten Buch berichtet, welches Alpakalinle noch schreiben wird. Der Titel wird dann lauten: „Halloween, Drache und Alpaka im Scheinwerferlicht". Voller Vorfreude spuckte Qualmchen Feuer, während Alpakalinle düstere Vorahnungen kamen. Gewiss, in letzter Zeit war der Drache nicht so chaotisch wie sonst, aber zu Halloween würde er sicherlich wieder – leider – der Alte sein! Da rief aus einer Wolke heraus Qualmchens Herrchen: „Qualmchen, bei Fuß! Sei ein braver Drache! Komm zu Deinem Herrchen Merlin!" Erleichtert atmete das Alpaka auf, als die beiden nach Camelot heimflogen. Nun konnte es sich doch noch auf Halloween freuen. Vielleicht freute es sich zu früh? Wir werden es im nächsten Buch erfahren.

Diskussion

Während des Hoffestes dachte so mancher an das kommende Halloweenfest. Viele liebten vor allem die Verkleidungen. Doch verweilten sie auch viel bei ihren bisherigen Abenteuern. Sir Ralphus, Alpakalinle und Larrylinchen schrieben diese unter dem Pseudonym Ralf Neubohn nieder. Jeder der Hofbewohner bevorzugte ein anderes dieser Bücher der Alpaka Reihe und der Lama – Alpaka Reihe. Jeder verteidigte sein liebstes Buch mit großem Eifer! Wie diesen Streit um das beste Buch schlichten? Sir Ralphus sprach es ganz richtig aus: „Das beste Buch ist stets das neueste Buch! Und da von den heutigen Abenteuern bald Band 4 der Lama – Alpaka Reihe erscheint und die nächsten Abenteuer danach als 7. Band der Alpaka Reihe, so sind diese dann am besten! Feiern wir lieber fröhlich unser Hoffest weiter!"

Gesagt, getan! Kleckselinchen stolperte über einen Rechen und rief: „Der böse Rechen hat mich angefallen!"
Larrylinchen beruhigte sie: „Rechen können niemanden anfallen!"
Doch Kleckselinchen gab nicht nach: „Natürlich hat er mich angefallen! Die Beule an meinem Kopf ist der sichtbare Beweis!"
Nun, so kann es auch gesehen werden.

Jung? Schusslig?

Viele Hofbewohner hielten Kleckselinchen für jung und sehr schusslig.

Wie viele Menschen dieser Sorte leugnete sie das heftigst: „Was heißt jung? Nach Jahren gesehen bin ich vielleicht jung. Aber es zählt nicht das biologische Alter, sondern nur die Lebenserfahrung eines Menschen. Da ich sehr viel Lebenserfahrung habe, bin ich also so alt und weise wie Sir Ralphus."

Dieser musste über das „weise" so herzlich lachen, dass er schier sein Gebiss verschluckte. Erbost fuhr Kleckselinchen fort: „Außerdem bin ich nicht schusslig. Das ist überhaupt nicht wahr. Es gibt für diese Behauptung nicht einen einzigen Beweis!"

Erregt trat sie aus Versehen ins Lagerfeuer. Oh, schmerzte das! Sir Ralphus triumphierte: „Nun, da hast Du den Beweis für Deine Schussligkeit!"
„Gar nicht wahr!", behauptete die Hexe. „Ich wollte nur testen, ob ich durch Feuer gehen kann."

Alle schüttelten den Kopf. Typische Kleckselinchen Ausrede.

Und jetzt?

Doch tauchte nun eine viel wichtiger Frage auf, da der Drache sich auf seinen Heimflug nach Camelot befand, wer röstete nun die Speisen des Grillfestes? Außerdem gingen die Kartoffeln zu Neige. Was als Ersatz nehmen? Alle hatten noch Hunger! Eine sehr schwierige Situation. Wäre bloß der Drache erst nach dem Fest heimgereist! Nun, was also jetzt tun? Ratlos saßen alle rund um das Feuer, außer Kleckselinchen, die im Bach den verbrannten Fuß kühlte.

Larrylinchen meinte munter: „Kleckselinchen kann doch fertig gegrilltes Essen zaubern. So einfach ist das Problem zu lösen!"
Die anderen erwiderten verärgert: „Du weißt ganz genau, was sie alles in den letzten Jahren angerichtet hat! Wir wollen keinen Tyrannosaurus Rex am Bratspieß haben oder ähnliche Überraschungen."
Betreten schwieg das Lama. Plötzlich fielen vom Apfelbaum Äpfel ins Lagerfeuer. Erstaunt blickten alle hoch und sahen den Panda, der diese hinab warf. Brataäpfel! Die Idee! Alle ließen den flauschigen Panda für diesen genialen Einfall hoch leben! Zurecht!

Überraschung!

„Piep, Piep!", erklang auf einmal ein sehr seltsames Geräusch. Noch nie hatten sie Ähnliches gehört. Was war denn nun schon wieder los? Ständig wurde die Feier gestört! Was piepste da bloß so? Eine große Maus? Der Drache konnte es ja nicht mehr sein. Ein heißerer Hahn? Aber das Morgengrauen lag noch in weiter Ferne. Hatte jemand einen Wecker mitgebracht oder sein Handy? Wenn ja: Warum schaltete er es nicht endlich aus? „Piep, Piep!", ging es pausenlos weiter. Einfach auf Dauer nicht auszuhalten. Wollte sich jemand einen Scherz erlauben? Aber dafür dauerte dieser schon zu lange. „Piep, Piep!"

Übten junge Vögel das Singen? Doch die sangen doch nur tagsüber. Eine junge Eule singt zwar nachts, klingt aber ganz anders. „Piep, Piep!" Immer hektischer suchten alle den Störenfried und fanden ihn. Nicht zu fassen! Unglaublich! Was für Leute es doch gibt! Wirklich extreme Sicherheitsfanatiker. Dem Rost nach zu schließen, hatte schon vor sehr langer Zeit jemand einen Rauchmelder am Baum befestigt. Also sowas aber auch! Ts, Ts, Ts!

Besuch

Alpakalinle besuchte eines Tages Kleckselinchen in ihrem Hexenhaus. Besorgt jammerte es: „Unser Leben auf dem Hof ist so normal und völlig alltäglich. Nie passiert etwas Besonderes!"

Die Hexe erkundigte sich erstaunt: „Warum soll denn was Besonderes passieren? Ich bin froh, wenn wir so ruhig leben."

„Ja, das schon", erklärte das Alpaka. „Aber ich muss doch stets für meine Bücher etwas Neues zu berichten haben. Und wenn nichts passiert, habe ich auch nichts zu erzählen!"

Kleckselinchen verstand das Problem des Alpakas sofort, holte die magische Zauberkugel, sah hinein, zuckte erschrocken zusammen. „Oh, Du wirst noch viel Berichtenswertes erleben. In Deinem nächsten Buch wird sehr viel Abenteuerliches geschehen. Zuviel!"

Alpakalinle erschrak: „Was meinst Du damit?"

Kleckselinchen erwiderte: „Du wirst es bald merken. Diese neuen Abenteuer wirst Du unter dem Titel: ‚Halloween, Drache und Alpaka im Scheinwerferlicht' veröffentlichen. Es ist voller magischer Abenteuer." Kleckselinchen behielt recht, viel mehr magische Abenteuer kann ein Alpaka wohl kaum erleben. Oh, weh! Das arme Alpaka!

Halloween in Sicht

Zufrieden verließ das Alpaka die Hexe und lief nach Hause. Unterwegs stutzte es, denn Kleckselinchen wirkte beim Blick in die Zauberkugel doch sehr erschrocken, fast entsetzt!

„Ach, was! Ich sehe ja schon Gespenster!", wies sich Alpakalinle selbst zurecht. „Und Gespenster will ich jetzt nicht auch noch sehen, mir reichen die Erlebnisse der letzten Tage vollkommen. Warum solle es auch wieder solche böse Überraschungen geben? Bald gehe ich zum lustigen Halloweenfest in die Stadt. Da ist es immer sehr schön! Dazu die Verkleidungen der Menschen, einfach super!" Glücklich lächelnd lief das Alpaka zerstreut an einer Wiese vorbei, auf der Einhörner grasten, beaufsichtigt von Amazonen, die auf Zentauren ritten. Verschiedene Götter liefen angeführt vom Gott Pan, der eine Panflöte spielte, in Richtung Stadt. Dabei ließen sie sich von Wolfsrudeln nicht stören, die auch zum Halloweenfest wollten. Wäre das Alpaka aufmerksamer gewesen, hätten sich später einige gruslige Überraschungen an Halloween vermeiden lassen. Armes Alpakalinle! Doch davon im nächsten Buch mehr.

Das Ende von Alpakalinles heutiger Erzählung

Zufrieden lehnte sich das Alpaka im Lehnstuhl zurück, Sir Ralphus legte seine Schwanenfeder, mit der er schrieb, zur Seite und lobte: „Deine neuen Abenteuer werden ein gutes viertes Buch unserer Reihe ergeben. Ich habe alles, was Du erzählt hast, mitgeschrieben und schicke es nachher an den Verlag. Übrigens hast Du mich mit Deinen neuen Abenteuern sehr gut unterhalten, aber ich habe schon von Anfang an gesehen, dass Du meinen Frühstückstisch leergefuttert hast. Schäme Dich!"

Alpakalinle tat erstaunt: „Ich? Dein Frühstück gegessen? Das würde ich nie wagen! Das waren Wanderameisen. Die Fressen wirklich alles! Du solltest lieber schnell Deine Vorratskammer hermetisch abschließen."

Entsetzt eilte Sir Ralphus zur Vorratskammer, um sie vor den Wanderameisen zu retten, während Alpaklinle schnell floh. Im fünften Band werden wir dann alle unsere Freunde wieder treffen. Bis dahin alles Gute!

Ausklang

Es gibt viele schöne Tierhöfe. Besuchen Sie doch mal wieder einen. Viele liebe Tiere warten dort auf Sie! Dazu viel Abwechslung und frische Luft!

Und wer weiß? Vielleicht besuchen Sie zufällig den Hof, auf welchem unsere Freunde leben! Wenn dem so ist, so richten Sie diesen bitte liebe Grüße von mir aus. Danke!

Da ich selber auch oft dort bin, treffen wir uns mit ein bisschen Glück dort alle. Die Tiere, die Leser und der Autor.

Bis Bald? Es wäre schön!

Hinweis für die Leser

Dieses Buch ist das vierte mit dem gemeinsamen Abenteuern von Alpakalinle und Larrylinchen. Weiteres Bände sind in Vorbereitung.

Bevor sich die beiden kennenlernten, erlebte Alpakalinle schon sehr viele Abenteuer, die in bisher sechs Büchern erschienen. Ein neuer Band ist geplant.

Falls Sie einmal eines der bisher erschienen Bücher lesen oder verschenken möchten, so sind die Titel in der folgenden Übersicht aufgelistet.

Vielleicht spricht Sie ja einer davon an? Das würde Alpakalinle, Larrylinchen und mich sehr freuen.

Bücher von Ralf Neubohn:

Lama und Alpaka Reihe:

„Weihnachten mit Alpaka, Lama und der schussligen Hexe"

„Zauberhafte Ferien mit Alpaka und Lama"

„Der magische Hof, der Drache und die schusslige Hexe"

„Magische Stippvisite vom Drachen und der Hexe"

Alpaka Reihe:

„Die Alpakas vom Nikolaus"

„Der Nikolaus und sein Alpaka auf Tournee"

„Applaus für Alpaka und Osterhase"

„Das Comeback des geheimnisvollen Alpakas"

„Premieren-Abend mit Alpaka und Phönix"

„Das magische Alpaka und der Drache"

Gedichte

„Hier und Jetzt"

„Frisch gewagt"

Gedichte und Kurzgeschichten

Die zauberhaften Altbohns"

Bücher mit schwarzen Humor Gedichten

„Die Gartenschau-Morde"

„Tod auf dem Kaktus"

„Neues vom 1. April"

Kurzkrimis

„Mörderisch gut"

Gartenschau Trilogie

„Flammenfeder live von der Gartenschau"

„Gartenschau Phantasie"

„Herzlich willkommen Gartenschau"

„Galaabend für die Gartenschau"

„Abschiedsvorstellung für die Gartenschau"

„Die Gartenschau-Morde"

„Tod auf dem Kaktus"

„Neues vom 1. April"

„Gartenschau Magie"

„Die Gartenschau im Rampenlicht"

Heiteres aus dem Autorenleben

„Im Tal der Autoren"

„Alle Autoren an Bord"

„Terry ein Schotte in Schwaben"

„Die zauberhaften Altbohns"

Science Fiction/ Fantasy

„Sam Space"

„Premieren-Abend mit Alpaka und Phönix"

„Das magische Alpaka und der Drache"

„Weihnachten mit Alpaka, Lama und der schussligen Hexe"

„Der magische Hof, der Drache und die schusslige Hexe"

„Magische Stippvisite vom Drachen und der Hexe"

Jahresfeste

„Weihnachten mit dem literarischen Kleeblatt"

„Auf der Suche nach dem verlorenen Osterei"

„Weihnachten und Silvester mit Flammenfeder"

„Vorhang auf für Nikolaus, Weihnachten und Ferien"

„Bühne frei für Fasching und Halloween"

„Die Alpakas vom Nikolaus"

„Die Bettsocken vom Weihnachtsmann"

„Silvester und Weihnachtsmarkt geben sich die Ehre"

„Der Nikolaus und sein Alpaka auf Tournee"

„Applaus für Alpaka und Osterhase"

„Das Comeback des geheimnisvollen Alpakas"

„Weihnachten mit Alpaka, Lama und der schussligen Hexe"

Über den Autor Ralf Neubohn:

Ralf Neubohn hat bereits zahlreiche Bücher geschrieben bzw. herausgegeben und ist einem breiten Publikum durch regelmäßige Lesungen bekannt.

Er hat auch einen Literaturpreis gestiftet. Den „Neuen Literaturpreis Remstal".

Neubohn schreibt Krimis, Lyrik, heitere Romane und Kurzgeschichten.

Nachwort

Liebe Leser,

Sie sind nun an das Ende meines kleinen Büchleins gekommen. Ich hoffe, Sie gut und abwechslungsreich unterhalten zu haben.

Falls Sie beim Lesen auf den Geschmack gekommen sind, so gibt es von mir viele weitere schöne Bücher zum selber Genießen oder als originelles Geschenk für andere. Etwa zu Ostern, Weihnachten und Geburtstagen.

Mit freundlichen Grüßen und hoffentlich bis bald!

Ihr Ralf Neubohn